句集

実千両

大原芳村

学芸みらい社
GAKUGEI MIRAISHA

序

「阿吽」同人大原芳村氏の句集『実千両』の上木を、「阿吽」の同志として、心よりお慶び申し上げる。

芳村氏は、平成三年末、「阿吽」主宰肥田埜勝美先生に面会、入門されているが、実はそれ以前に、俳句との浅からぬ縁があったのである。十五歳年長の長兄は、農に生きるとの意味を込めて、「禾生《かせい》」の俳号で、臼田亜浪門の佐野良太の指導を受けておられたが、幼なかった氏にも、俳句への親近感をもたらしたことは、想像に難くない。学業を終え、故郷新潟から上京、大手建設会社に就職した氏は、誘われて職場の句会に参加したが、転勤等により次第に俳句から遠ざかっていったと、述懐されている。同郷の夫人と結婚、長女が誕生したが、仮死状態で生まれた子の生命を祈り見守る心境が、氏を再び俳句の道へとかきたてたのである。

「神の子」の章は、平成四年から平成九年までの作品を収めるが、その中核をなすものは、障害を持つ長女の生命と成長を見守る、父親の篤い心情である。

平成五年、「阿吽」五周年記念二十句競詠に応募、氏の「補装靴」が百十六篇の作品中で特選を受賞したことは、異例のことであった。

「愛児が仮死出産した日より小学生になるまでの歳月をこめた二十句で、事態の重さに押しつぶされることなく、作品としても立派である。作句日浅い人なので、前から作りためていたものではなく、この企画に発心して創りこんだ一連であろう。愛児への祈りが作品に籠められていて胸を打つ。うたは元々祈りの結晶なのである。」と、肥田埜勝美主宰は選評で述べられている。

神の留守神の子確と授かりぬ
子の五指に沁みて柚子湯の香りかな
子の一言一言緑増すやうに
麻痺の手に引きし初凧うなづきぬ
補装靴出来上がりきて入学す

その他の佳句もあげよう。

ふるさとの深雪に疲れ戻りけり
苗札を今日超えてゐる芽の一つ
鰯雲子の行く末のいかばかり
補装靴替へて幾度年の暮
車椅子輪に並びゐて花火待つ

なお、平成九年には第九回阿吽新人賞を受賞し、「今後も事実をあるがままに見つめて、作句に専念しようと念じている。」と、決意を述べている。

「草笛」の章は、平成十年から平成十三年までの作品を収める。

草笛や父に従ふ小鮒釣り

いつも母ゐる裏畑や蕗の雨
車椅子先づ通さむと雪を掻く
男子厨房に入る楽しさや水温む
車椅子漕ぐ背もつとも陽炎へる
床擦れの母抱き起す稲光
納棺の母の足拭く油照り
補聴器が母の遺品や送り盆
有給休暇使ひ果して稲を刈る
花冷えや辞令一枚重く受く

散見する「車椅子」の諸句に、長女一恵さんの成長を見守る父親の心情が、切切と込められている。職場での種々の哀歓を淡々と詠んだ句にも、共感を呼ぶものが多い。

「天高し」の章は、平成十四年から平成十七年までの作品を収める。

森林限界抜け出ていよよ天高し
東京へ出て四十年鳥帰る
娘なれど此の頃眩し胡瓜揉み
突き抜けて槍揺るぎなし秋の天
我にのみ効くや富山の風邪薬
亡き父の残せし棚田深く打つ
確と紐結ぶ揃ひの登山靴
稲架高く掛けて弥彦山を隠しけり
指二つ折れば定年日記買ふ
お互ひに抜けぬ訛や衣被

芳村氏は、学生時代より少林寺拳法を修行し、師家より大拳士五段位の允可を受けている。また登山を趣味とし、関東近県の高峰名山を踏破している。〈森林限界〉〈突き抜けて〉〈確と紐〉等の句は、その体験の一端である。〈亡き父の〉

〈稲架高く〉の句に、時折帰郷して、実家の米作りを手伝っている作者の姿が、眼前する。

「実千両」の章は、平成十八年から平成二十年までの作品を収める。

目刺焼く妻は幸せとは言ふが
荒縄の弛みきつたる稲架を解く
籾焼くや故郷は田の面より暮る
星月夜息を継ぐさへ憚れる
十二月八日最後の賞与受く
一筋の勤め悔いなし実千両
還暦といふ重さあり夕桜
夕蛙退職を告げ墓を辞す
勤め人たりし半生餅焦がす
万 葉 の 恋 は 真 率 読 始

車椅子漕ぐ子と茅の輪くぐりけり

無職とて悠悠自適熟柿吸ふ

この間、平成十八年四月に「阿吽」主宰肥田埜勝美先生が、続いて六月に肥田埜恵子先生が逝去されたことは、大きな打撃であったが、芳村氏は先師の教えを拳拳服膺、更に精進する覚悟を固めたのである。

平成十九年には、第十九回阿吽賞を受賞、還暦を迎え、定年退職、悠悠自適の身となるが、向学心止み難く、東洋大学で国文学を学ぶ機会を得たことが、氏の俳境を一段と深めていることは、疑いない。

「初夢」の章は、平成二十一年から平成二十三年までの作品を収める。

寒稽古破邪顕正の拳突く

田仕舞の煙の中に在り故郷

書かざる日書き忘れし日日記果つ

古雛子に教はりしこと多し

旧本陣戸を開け放ち武具飾る

縦走の尾根長長と星月夜

一夜干し炙れば縮む夜長かな

初夢の師の長身の後に付く

勝牛の引き上げて行くふぐりかな

角突きや庄八茂蔵引き分くる

水打つて団子屋団子焼き始む

我が師系波郷勝美や小鳥来る

波郷句碑麥丘人句碑秋深む

熱燗や自説抑へて聞き役に

〈俳句は生活の裡に満目季節をのぞみ、粛々又朗々たる打坐即刻のうた也〉との石田波郷の教えと、〈自然への驚き・人間への共感〉を大切に、写生を基礎として広く人生を諷詠すべしとの、先師肥田埜勝美の指導を忠実に守り、精進を怠らない芳村氏である。人事句も、自然諷詠句も、対象を深く見つめ、的確に表現した佳句が多くなった。

私は、「文（句）は人なり」との信念を持っているが、芳村俳句の本質を貫通するものは、ひたすらに努力し、誠意を以て事に当たる、氏の篤実な人間性であろう。

職務に忠実に、良き家長として、全力を尽くしてきた氏の俳境が、今後益々深まることを期待して已まない。

平成二十四年七月吉日

「阿吽」代表　松本津木雄

句集　実千両／目次

装幀　荒木香樹

句集

実千両

阿吽叢書第55篇

大原芳村

神の子

平成四年〜平成九年

挨拶を投げて焚火の輪の中に
雪吊を解かれし大樹深呼吸

春闘の目立たぬバッジ胸にあり

田一枚掻き朝飯を掻つ込めり

少年に青き翳りや栗の花

井戸底に映りし顔や西瓜冷ゆ

船虫の飛び散るときも影を引く

荷の中に紛れて眠る夜寒かな

引越しを終へたる窓に小鳥来る

枡酒の塩の甘さよ桂郎忌

山彦を一つ返して山眠る

神社まで雪道つけて父戻る

くたくたの外套を吊り寝まりけり

酢海鼠や衰へし歯を遊ばせて

長女仮死出産、一命は取り留めても障害が残ると宣告さる

神の留守神の子確と授かりぬ

保育器の中に住む子としぐれけり

乳房より小さき顔や冬日中

命名 一恵

子を胸に当ててあやしぬ冬うらら

子の五指に沁みて柚子湯の香りかな

一恵、東京小児療育園に入所

別れ住む子に恵みあれ聖夜祭

子の一言一言緑増すやうに

丹念に子の髪を梳く若葉光

柿落ちて眠る子眉を動かしぬ

風船の子の手離るる秋祭

餅搗を見てをり車椅子の子と
添へし手に杵の重さの餅を搗く

麻痺の手に引きし初凧うなづきぬ

早春の子の履き出づる親の靴

補装靴出来上がりきて入学す

新入社員かたまり動く部屋の中

校庭の桜伐られてしまひけり

見送りの妻のみるみる落花中

諳んじて読む子の絵本梅雨ごもり

麻痺の子の漉く短冊も星祭

先づは子に買ひし夏物賞与得て

日焼せる餓鬼大将の行儀よし

車椅子押して花火の見ゆるまで

朝焼の中の農夫を見失ふ

がうがうと父を焼く火や大西日

子と沈む出で湯ゆたかに虫の宿

追羽根を見てをり二階より一恵

追羽根の妻の真顔のをかしさよ

ふるさとの深雪に疲れ戻りけり

上京の母の髪切る四温かな

自転車に妻を乗せたる木の芽風

苗札を今日超えてゐる芽の一つ

子の声の山彦が勝ち山笑ふ

羅を着し妻いまだ衰へず

花茣蓙の妻の温みに坐りけり

行く秋の鏡の中の妻の顔

昇進の先見えて来し根深汁

藪巻や父亡き松の胸高に

念力の鯉の一跳ね池温む

紙雛真似て折る子を手伝はず

陣取りに先づは一献花の昼

前掛けで拭きしトマトに翳りつく

蟷螂の死してなほ斧翳しけり

鰯雲子の行く末のいかばかり

車椅子漕ぎて焚火を遠ざかる

掘炬燵いつも母ゐて母のもの

提ぐる灯の森に集まる除夜詣

ふるさとの雨戸重たき初明り

僅かなる賃得し妻の針供養
吸ひ込まれさう寝転べば花の空

母の日の母のみ動く家の中

子の選りし朝顔蒔くと膝を折り

麻痺の手に掬はれゐたる金魚かな

一代の繭買たりし父の墓

七夕竹引き摺りて来る車椅子

新涼や芝にジャージージー並べ干す

湯上りの妻の匂へる夜長かな

妻の目にいつも一恵がゐて小春

補装靴替へて幾度年の暮

粕汁に酔ひの回りぬ妻の耳

ふるさとの母を迎へに旅はじめ

福豆の零れてをりぬ車椅子

手毬唄半ば忘れて母が突く
妻のこと母語り出す雛の前

父の日や子にお手上げの微積分

乗船を待つ楽しさの氷菓かな

車椅子輪に並びゐて花火待つ

戦争を語り始めし団扇かな

宿題を枕に昼寝とはいかに
水搔きの出来て少女の夏果つる

吊橋の揺れまだありぬ避暑名残

減反の田にも遍く喜雨となる

弁柄格子の一力の角秋渇き

玄関に顔を出したる余寒かな

草笛

平成十年〜平成十三年

職人の終に来ぬ日の雪を掻く

雪下し夜は東京へ引き返す

ウインドーショッピングの妻日脚伸ぶ

耳とほき母には聞こゆ雛の笛

暖房のことに効きをる検診車

草餅や左党となりし親不幸

春暁の雲の湧きたつ麓より
新入社員初めて我に笑ひたる

草笛や父に従ふ小鮒釣り

いつも母ゐる裏畑や蕗の雨

梅干すや生涯かけて妻一人

懐かしきプールの匂ひ母校古り

谷底を水躍りゆく青胡桃

踊る輪に漕ぎ出して行く車椅子

稲車押すといふよりまとひつく

子を背に老いは落穂を拾ひ持つ

椅子一つ持ちて割り込むおでん酒

冬帽や髪の多さは我に似て

子の編みしマフラーに頬隠れけり

車椅子先づ通さむと雪を掻く

雪掻の妻堂堂の腰構

湯豆腐や不平不満を言はぬ妻

除雪夫の一列に貨車遣り過ごす

正座して帯締め直す寒稽古

補聴器を型どる母へ五月来る

御岳雪渓朝日の色に輝けり

畦塗の鍬照り返す開田村

生コンを打つ最上階陽炎へる

東京の子も手花火に加はりぬ

古妻の何の化粧ぞ暑かりし

神妙に髪染めてゐる大暑かな

林檎齧る瑞瑞しきは子の歯形

多宝塔に住みつく矮鶏や秋日和

灯火親し机に妻も老眼鏡

秋風や母の散歩はすぐ返す

考へる鷺となりゐる冬の水

水拭きの床に影せり初稽古

角巻の翼広げて子をつつむ

合格の子を的にして雪つぶて

男子厨房に入る楽しさや水温む

退職のこと話し合ふ雛の部屋

呼び寄せし新入社員突つ立てる

田に響く香取の神の田植歌

御田植の禰宜おうおうと神を呼ぶ

車椅子漕ぐ背もつとも陽炎へる

青田風母病む窓を広く開く

穀象や母の弱音は聞かざりき

床擦れの母抱き起す稲光

納棺の母の足拭く油照り
刈り伏せし草の温みに腰下ろす

補聴器が母の遺品や送り盆

流灯の母流灯の父を追ふ

髪束ねつめたる妻の登山帽

遅れだす妻の歩幅やがれ灼くる

山清水家に引き込み蕎麦を打つ

有給休暇使ひ果して稲を刈る

鈴虫を鳴かせ守衛の無愛想

小春日や艇庫に掲ぐ表彰状

髭面となる徹夜明け大地凍つ

年の火の崩るる様に母逝かす

雪吊の一本切れて晴れ渡る

雪渓を踏む足跡を確と踏む

妻の手に残る酢の香や雛の夜
雛の間に肩身を狭く眠りけり

献血の済みたる軽さ梅真白

花冷えや辞令一枚重く受く

新入社員に宛行扶持の古机

裏畑や母亡きあとも蕗の薹

干されゐし魚籠に落花の一頻り

一列といへど乱れて葱坊主

無造作に選り分けらるる捨て金魚

出勤の靴揃へあり遠郭公

菖蒲湯に脛つくづくと白きかな

燕や店を閉ぢたる深庇

子供の日子と駆け出しぬ母校跡

鉄骨を組む天辺の油照り

大汗に目玉凹ませ戻りけり

稲の香や津軽じよんがら叩き弾く

夜田刈を戻りし父や卓囲む

一枚岩映して水の澄めりけり

黒板を打つ昂りや夜学の師

闇深き梁より吊す牡丹鍋

仏壇を背に新蕎麦を頂きぬ

天高し

平成十四年〜平成十七年

吊されて長き春着や明日は着る

雪嶺のただあるばかり父懐かし

春泥をつけて戻りぬ車椅子

卒業の門に別れて振向かず

ふるさとの一番風呂や夕蛙

頭一つ抜け出て力士花の中

浅間外輪遠郭公の木霊かな

蜂飼ひの巣箱に憩ふ針槐

炎天や麒麟首より駆けて来る

暗闇に目が慣れ家の中涼し

母在りし日に似て故郷柿たわわ

新米の積みある床の撓みかな

森林限界抜け出ていよよ天高し

街道に籠ぶちまけて茸売り

退職のこと切り出せず煤払ふ

麻痺の手に一糸一糸を織りはじめ

東京へ出て四十年鳥帰る

恋人に編みゐし毛糸かと思ふ

服一枚脱ぎ登りゆく霧氷かな

縁談を持ち込んで来る雛の客

二人きりとなるや目刺を焼きにけり

どうやつても赤字決算亀鳴けり

金物の町は錆色燕来る

目に泪溜めて押し合ふ牛相撲

土手焼きて戻れば犬に嗅がれけり

木洩れ日を浴びつつ梨の袋掛

一人寝の亡き母の部屋明易し

深酒を子に叱らるる涼しさよ

娘なれど此の頃眩し胡瓜揉み

奥能登や老は身丈の稲架を組む

磯桶を小庇に干し盆休み

鮎釣の腰に波立つ魚野川

突き抜けて槍揺るぎなし秋の天

切株のみな袈裟斬りの稽かな

熱燗や異動のことは未だ言へず

斜面畑打つ老の背に冬日射す

我にのみ効くや富山の風邪薬

一年坊主小走りに列つなぎけり

つくづくと甲斐は盆地や桃の花

甲斐駒は空に泛ぶや遅桜

亡き父の残せし棚田深く打つ

そこいらに母が居るやう豆の花

懐の深き山塊青葉木菟

母の声に振向く闇や螢飛ぶ

目に沁みる汗保護帽を投げ捨つる

炎天の鳶掛矢打つ梁の上

確と紐結ぶ揃ひの登山靴

膝の荷の大きく傾ぐ登山バス

踊唄変りて妻も踊りだす

全生園

望郷の丘高からず萩の花

稲架高く掛けて弥彦山を隠しけり

目を閉ぢて波郷語る師秋深む

干柿の縄の弛みや甲斐も奥

家毀し焚火に投ず泣けるなり

裏返す大榾に顔照らさるる

剝落の壁も余さず冬構

切干や屈めば母のなほ小さし

指二つ折れば定年日記買ふ

榾煙目に沁む蕎麦を啜りけり

雪を積む梁の軋みに目覚めけり

雪掻きし許りに雪の降り積る

欄干の雪傷みして雪解川

合併の馴染めぬ地名雪解村

壺焼や佐渡が波間に見え隠れ

一本の棚田の畦の桜かな

七夕竹短冊の金翻り

蚋払ふ馬の尾長き遠野かな

お互ひに抜けぬ訛や衣被

赤札の炬燵を尚も割引かす

実千両

平成十八年〜平成二十年

厨より妻の元日始まりぬ

大縄跳び息合せゐて飛込めず

望郷の念沸沸と菜飯かな

村中のどこへ行つても梅の花

芳村と呼ぶ声のせし朧かな

山中のその高さこそ朴の花

代掻の濁りに映る越後駒ケ岳

目刺焼く妻は幸せとは言ふが

一本の葱坊主揺れ我が師亡し

甚平や丈が縮みて来たやうな

打網の舳先に開く雲の峰

帰省子の柱の傷に凭れをり

荒縄の弛みきつたる稲架を解く

籾焼くや故郷は田の面より暮るる

夕ぐれの色となりゆく吾亦紅

一灯を子に残しおく虫の闇

コスモスの花占ひや好きは好き

柿を剝く手は休めずに聞き上手

藪沢はすでに色づく七竈
濡れて着く山小屋の火に迎へらる

星月夜息を継ぐさへ憚れる

流星の一つを母と思ひをり

海羸打の莫蓙の凹みが暮れ初むる

恵子先生より賜りし

壺二つ濃き影二つしぐれけり

十二月八日最後の賞与受く

熱燗や傍にいつも妻がゐて

風花や麻痺の手で触る御賓頭盧

一筋の勤め悔いなし実千両

鹿避けの網に解けゆく春の雪

信濃川大きく曲る雪間かな

生かされてゐるかと思ふ朝桜

一跳ねの鯉に崩れし花筏

還暦といふ重さあり夕桜

山頂や来し方若葉繁り合ひ

苗床に風入れてあり明日植うる

夕蛙退職を告げ墓を辞す

古書市に掘り出す一書緑さす

梅を干す小さき母の座り胼胝

朝霧の一斉に引く稲の花
蜻蛉の空深みゆく奥会津

檜《ひの》枝《え》岐《また》早や翳りゆく蕎麦の花

秋澄むや湖面に朱き大鳥居

十月桜富士真つ向に立てりけり

囮籠下げて小屋には誰もゐず

擂粉木の丸く減りゆくとろろ汁

張替へし障子真白き誕生日

勤め人たりし半生餅焦がす

万葉の恋は真率読始

雪壁の我が丈を超ゆ奥白根

春寒のまた石切の木霊かな

夜桜の中押し通す車椅子

牡丹のゆらりと風の気配あり

釘隠し錆びて卯の花腐しかな

緑さす五右衛門風呂の底覗く

今更に我が師は一人沙羅の花

六十を一つ過ぎたる蝸牛

弾かれし水が喜ぶ洗ひ茄子

紫蘇を揉む母の面影濃き日かな

車椅子漕ぐ子と茅の輪くぐりけり

塩の道はまた瞽女の道蕎麦の花

実家には寄らずに帰る墓参かな

雀らと遊び在すや案山子翁

冷まじや舌読といふ一病者
全生園

無職とて悠悠自適熟柿吸ふ

菊膾母のやうなる姉の家

針山の錆びし待針年詰まる

墨の香を畳に広げ賀状書く

寒菊やひとときは近き今朝の富士

初夢

平成二十一年〜平成二十三年

寒稽古破邪顕正の拳突く

母の世の重石の坐り花菜漬

神住まふ山削られて薄霞
遠蛙星あまた降る厠窓

片栗の花に集まる山の風

はんざきの大き卵や沼暗し

じやが芋の花に雨降る葬かな

尼達の頭剃あふ濃紫陽花

冷麦や妻と向き合ふ卓広し

女船頭ひらりと陸へ雲の峰

籾摺の続くや月の更けゆくも

田仕舞の煙の中に在り故郷

鎖場を攀づ手に霧の走りけり

露けしや女人高野の仏たち

秋風や木目顕に登廊

一雨に紅葉《もみ》づる満天星躑躅かな

阿吽発行所

触るる書のみな重かりし煤払

書かざる日書き忘れし日日記果つ

霜の声やがて師の声励めよと

大寒の警策の音響きけり

成木責父に応へて鉈振ふ

波郷の墓康治の墓に春の雪

古雛子に教はりしこと多し

父の忌ややがて兄の忌梅真白

畑に雨染み込んでゆく雛納め

火縄銃火を噴く川越春まつり

春の空へ脚開ききる梯子乗り

泣き羅漢笑ひ羅漢や鳥雲に

ひとしきり千鳥ケ淵の落花かな

浅草の観音に会ひ花に会ふ

行く春の仲見世に買ふ万華鏡

伝法院軒下を借る初燕

旧本陣戸を開け放ち武具飾る
お蚕様のひた喰む音をしぐれとも

夏蚕いま四眠五齢の時流れ

十薬を抜きたる闇の匂ひ立つ

湖に還る木霊やほととぎす

稲の香を深く吸込む帰省かな

大の字に遺影を見上ぐ夏座敷

蜩や山と向き合ふ父の墓

糠床に塩を継ぎ足す残暑かな

赤岳に今日雲もなし蕎麦を刈る

縦走の尾根長長と星月夜

星飛んで世阿弥のその後誰も知らず

我が植ゑし畝より刈りぬ今年米

一夜干し炙れば縮む夜長かな

大釜の一尋はあり楮蒸す
紙漉女指透けるまで濡れ通す

張り板に張り詰めし紙並べ干す

一里ほどあらむ雁木や市立ちぬ

仏滅も大安もよし日向ぼこ

白鷺のいつ飛ぶとなき初景色

初夢の師の長身の後に付く

大寒の暮色を深む富士の襞

民宿の主はまたぎ兎汁

老幹の皮一枚や梅真白

角突きや山古志村に幟立つ

勝牛の引き上げて行くふぐりかな

角突きや庄八茂蔵引き分くる

横綱の睨みをきかす牛相撲

手招きの手のひらひらと新樹かな

減反の八畝ばかりや青田刈る

火渡りの火の灰となり祭果つ

絹莢の反りを摘みとり朝餉かな

水打つて団子屋団子焼き始む

片蔭に暫く覗く相撲部屋

雪渓の端浸りゐる山上湖

稲刈や主峰赤岳よく晴れて

茸採り山気を纏ひ現るる

茸籠見せ名人の無口なる

越後路も奥に入りたる晩稲刈
刈り時をはかる稲穂の重さかな

綿菓子の色を巻き取る小春かな

国引きの出雲風土記や神の留守

我が師系波郷勝美や小鳥来る

波郷句碑麥丘人句碑秋深む

我は我妻には妻の年忘れ

熱燗や自説抑へて聞き役に

捨て切つて机広がる十二月

振舞ひ酒御代りもして除夜詣

あとがき

「阿吽」で俳句を学び、二十年が経過した。顧みると、俳句を作ることに四苦八苦の連続で、辛うじて投句締切りに間に合わせるという不肖の弟子であった。ましてや句集を編むことなど思いも寄らなかったが、松本代表の強い勧めが私の背中を押してくれ、一つの区切りとして、何か残すことも大切と考えるに至った。

原稿を整理していく過程で、改めて当時のことが思い出され、そこには間違いなく「妻や子供達と生きて来た証」「阿吽の連衆と歩んで来た証」を実感することができた。句集名は、〈一筋の勤め悔いなし実千両〉から採り、自祝の意味も込めて『実千両』とした。この句は、定年を迎える際の自身の率直な気持が出ているかと思う。会社には自分を育てて頂いたという感謝の気持もある一方で、些か会社の発展に寄与したという自負もある。

私と俳句との関わりは、少年時代まで遡ることができる。十五歳違いの長兄が臼田亜浪の高弟、佐野良太の下で俳句の指導を受けていたことが少なからず影響している。入社を機会に誘われるまま職場の句会に入ってはみたものの、転勤等により次第に俳句から遠ざかっていった。それが結婚をして長女が誕生したことにより、また俳句を作るようになった。長女は仮死状態で生まれ、主治医から生存の可能性は低いこと、また、生命を助けることができても障害が残ると宣告された。そんなとき、自ずから俳句のようなものを日記に書いていた。このことによって、客観的に自分を、そして吾子や妻を見つめることができるようになり、次第に心の整理ができたような気がする。

思い起こせば平成三年の師走、肥田埜勝美先生のお宅を訪問し、入門許可を願い出て快諾して頂いたうえ、以後、恵子先生からは、懇切丁寧に俳句の基礎を指導して頂けたことは幸運であった。また、俳句を通じて両先生に励まして頂き、計り知れない恩恵を受けてきた。

肥田埜勝美先生の俳句の指導理念は、〈「阿」は自然への驚き、「吽」は人間への共感〉である。陶淵明の詩の一節に〈時に及んでまさに勉励すべし　歳月は人を待たず〉とあるように、年月は人の都合に関わらず過ぎて行き、少しの間も留まることはない。今日という日を楽しみながら、先生の指導理念を基本として、何かによって生かされている一瞬一瞬を大切に、俳句に遊び広く人生を諷詠して行きたいと思う。

句集上梓にあたり、泉下の両師、今日の「阿吽」を支えて頂いている松本代表、塩川副代表そして阿吽の皆様方に深く感謝申し上げる次第である。

最後に、本句集の発刊にあたり、松本代表から序文を賜り、「学芸みらい社」の青木社長からは、多方面にわたりご協力を頂いた。改めて謝意を表する。

平成二十四年七月吉日

大原芳村

著者略歴

大原芳村（おおはら・ほうそん）本名　芳次

昭和21年12月　新潟県三条市生れ

平成４年１月　「阿吽」入会
平成５年６月　阿吽５周年記念企画20句競詠特選
平成９年６月　第９回「阿吽」新人賞受賞
平成19年６月　第19回「阿吽賞」受賞
平成23年10月　第３回石田波郷俳句大会 角川学芸出版賞受賞
平成24年３月　第11回石田波郷記念「はこべら」俳句大会　はこべら賞受賞

俳人協会会員・阿吽同人会幹事長
現住所　〒189-0001　東京都東村山市秋津町 3-36-18
電話・ファックス　042-393-8341
E-mail: yyke19461213@jcom.home.ne.jp

句集　実《み》千《せん》両《りょう》　　阿吽叢書第55篇
2012年９月25日　初版発行
定　価：本体2500円（税別）
著　者　大原芳村
発行者　青木誠一郎
発行所　株式会社 学芸みらい社
〒162-0833 東京都新宿区箪笥町43番 新神楽坂ビル
電話番号 03-5227-1266
http: //www.gakugeimirai.com/
E-mail: info@gakugeimirai.com
印刷所・製本所　藤原印刷株式会社
落丁・乱丁本は弊社宛お送りください。送料弊社負担でお取り替えいたします。

ISBN978-4-905374-11-4 C0092